群青のうた

中神英子

思潮社

群青のうた　中神英子

目次

＊

写真＝著者　装幀＝思潮社装幀室

群青のうた

砂丘

よる　鳥が来て
わたしのかたちで啼くので
わたしは砂を握り眠る
鳥がわたしの両手に翼をそえて
その啼き声通り
わたしがあした　はろばろと歩む
砂丘を作ってくれるように
やわらかに美しく流れる風紋と
乾いた清涼な空気の中に
新しい夜明けをもって

立てるように……と
まだくらいうちに
わたしの方向へ鳥が来て
わたしのかたちで啼くことを
わたしは知っているので
よる
わたしはわたしの分の砂を握り眠る

時計の夢

眠れない夜のこと
気づくと見知らぬ石の二階家にいて
私はその窓辺に明かりをつける
眠れない……ときは
必ず　その窓の下を
赤い服を着た郵便配達夫が
金色に光る輪の自転車で
通っていくのがわかるので

そして
庭の片隅のベンチに

ひとりの青年が現れる
この世でまみえることのない
私のおとうと

彼は今もどこかにいる
郵便配達夫が来る夜
おとうとの影法師も　また
庭に姿を現わす

なだらかな丘陵がどれも
薄い弧を描きながら地平まで続いている
待っていると
遠くにポツリ金の輪の光が見え
私の目に輝きが点る

彼は丘の面に沿って

時々見えたり隠れたりしながら
ゆっくりその真紅の服を鮮やかにして
近づいてくる
窓の下を同じ赤い帽子を目深にかぶり
雑草と小石のある道を照らしながら
静かに横切っていく
しゃらしゃらしゃら
回る輪の音だけかすかに響く

私に手紙が来るわけではない
私のそばに止まることはない
でも　それでいいのだった

やがて
赤い服の背を丸め　また
丘陵を見えたり隠れたりして遠ざかっていく

黒いショルダーバッグには
誰から誰へあてたどんな手紙が入っているのだろう

はるかどこかにいるおとうとが手にする便り？
おとうとはそれに気づく風もない
いっしんにケータイをいじっている
まみえることのない愛しい存在
それがわかっただけでもよかった
そんな存在がいる、私には（誰にも？）

郵便配達夫が行ってしまって
私が明かりを消すと
おとうとも暗闇に包まれていく
代わって降るような星くずが顔を見せ
きらめきに息をのむ

私は　また　彼らに会える
眠れない夜は来るから

寂しい安堵がひたひたと満ち
ベッドに入ると眠りに落ちていく

彼らが現れ行くまでの間
時計がシンとその針を止めているのを
私は知っている

私を含めすべて
時計の夢が形作っている
時計もなつかしい夢を見たいらしい

ぼんやり眠りに落ちるとき
そんな祈りが秒針の音にまぎれていると思う

顚末

そのとき、どうしても伝えておかなければならないことがあった
しかし、相手はそこに不在だった
いつ会いに行っても不在だった
不在の相手の影を
私は私のどれだけの現実で埋めたことか
そのとき、どうしても伝えておかなければならないことがあった
しかし、相手はそこに不在だった
だから私は一転、きりもむようにかたちを変えた
どうしても伝えておかなければならないこと
柘榴のように赤く凝って……

半年が経ち、一年が経ち、五年……
そのとき、どうしても伝えておかなければならないこと、があった
不在に

煙るような霧雨の日
私は窓辺で頬杖をついて
雨に翼を洗おうとする電線の山鳩をじっと見ている
赤い柘榴は庭に結実し
水色の霧雨に濡れるのをきれいだ、と思う
今、私が私にはっきりと「不在」を告げている
どうしても伝えておかなければならなかったこと
それはやむなくそのように自分へと落ちた
煙るような霧雨、翼を洗いにくる山鳩
はじけそうな赤い柘榴
ビルの窓や笑うひと、木々など
それは今日、そんなところの

ほとんどそれと同化したといっていい
普通の模様になって
それぞれに分化された（姿）の顚末を
静かに告げている

夜想曲

明るい陽の射す街角の一室
クリーム色や淡いピンク
パステルカラーの家具の上には
磨かれた鏡やぬいぐるみ
異国の珍しい置物や可愛い装飾品
一隅に花柄のカバーのベッド
窓は開かれていて涼しげな空も見えた

にぎやかにそこを行き来するものらは
妖怪のような妖精のような小鬼のような
人に似たかたちを与えられながら

もうひとつ人に手の届かない……というより
ある空想によって命を得た
軽くたわいない味わいのものばかり
かえって邪気なく、悲しみや苦しみとは
縁のない、あどけなさ

ベッドの一隅に
茶色の長い髪を巻き毛にした少女が
毎日、外を通る少年を見ていた
少年もそこを通るとき、少女をちらりと見た
主人公なのだ
実際、馬鹿騒ぎと思われるような笑い声で
そこに集う他の少年や少女（人でない）が
どんなに声大きく話しても動いても
まるで影か、深い森の木立のそよぎのようにしか
存在し得ないという寂寥

それが、私の心にはとても重かった

ひとりの少年は考えていた
ひとりの少女も考えていた
憂いというようなものは感じられなかったが

ある日のこと
青々と空の晴れ渡った日
輝く風と光
掃除し終わったばかりの清々しい部屋
主人公以外誰もいない　いっとき
少年がその一室のドアを叩き
少女が招き入れた
コトバはないようだった
ふたりは少しの間見つめ合うと
ゆっくりと抱き合った

途端！
光は闇に落ちていった
街灯がぼんやりと点っているのがわかる程度
そこに、年老いたふたりの人間がいる
確かに人間が
冬らしくコートを着ていて
男は帽子をかぶり、女はショールを頭から巻いている
穏やかな様子だが
これがさっきのあのふたりだということは
間違いなかった
ふたりは
家具の埃を手で拭ってみたりしている
女がベッドに座るとふぁわっと埃が舞う

月明かりにそれらが照らされている

あっと言う間の出来事
ただ、彼と彼女は
自分たちが抱き合った一瞬から後の
すさまじい時の流れを覚悟していたようなのだ
その「瞬間」を
悩んだあげくの選択らしい
あのあどけないものらはもう影もない
空想ですら存在し続けられないことなども
男と女は痛ましく思いやったと思われる

ふたりは、あっという間に古びた一室を
しばらく確かめるようにじっと眺めていた

（わかっていたが、耐え難いね）

やがて、ドアを開け

月と街灯が照らす
モノトーンの路地を歩き始める
無人の街を。どこかへ。
ドアは、男の手がしっかりと閉めた

これは、私のまぼろしだった
霧のように来て去った　夜のまぼろし
ただふたりの穏やかさが
私にはあまりに不自然で
おそらく、私の見極められぬ時間が
ふたりのどこかに隠れてあったと思いたかった
私の果てないものへの望みとして「そこ」が
隠れてきっとあったと

そこごそを……めざめて知る深み
カラコロと鳴る呆然、の朝。

ダズ

そこは魔法の街らしい。

私にはよくわからないが。

まれに、そんな言葉を耳にする。

「なぜ？」

「だってあなた、自分の時間以外を生きたことがある？」

私の問いかけに、そう問いが返された。

私は戸惑って、

「いいえ」

と言う。

「ほら、そうでしょ。それが証拠よ」

確かな答えをもらったのはその時一度だけ。

その一度は、頭の底に冷たく沈んだまま。

私の家の門口に小さな茶色のオス犬が来た。

薄汚れていて一目で野良だとわかった。黒い瞳がきらきらしてかわいいので私は残り物のエサをやった。この街で野良犬を見るのは何十年ぶりだろう。

野犬狩りに取られては可哀想だし、飼いたいとも思ったが、鎖を持つと犬は捕まらなかった。家の門口は路地の奥で暗く、他の家は背を向けて建っている。野良はそれをわかって来たのだろう。私は犬に「ダズ」と名付けた。ひとり暮らしの私に明かりがともった。

ダズはよく来て、やがてそれは毎日になった。犬独特の匂いとあたたかさ。しっぽをさわると機嫌が悪く、自分で自分のしっぽを噛もうとくるくるくる回った。そんな仕草は愛嬌があり、私を喜ばせた。私に刃向かうようなことは決してなかった。抱きしめると「くぅくぅ」と小さな声を出して甘えた。

私が油断したのだった。

ある日私とダズは、じゃれ合ううちに明るい通りに出てしまった。あっという間の出来事。男がダズを蹴った。

ダズはまるでサッカーボールのように空中に弧を描き少し遠くの地べたに叩きつけられた。

キャイーンと哀しく鳴いた。

私がダズのところへ走ろうとすると、男が
「あれは犬じゃない。悪魔だ」

と、私を制した。

「俺の息子はあれのおかげで酷い目にあった」

ダズは遠くで起き上がり、怯えた目をこちらに向けていた。あっという間だった。そのダズをまた女が男と同じように、蹴り上げた。

キャイーン。悲痛な鳴き声。

ダズはもっと離れたところへ同じように叩きつけられた。

「あれは、ほんとうに悪魔」

女はへたり込んで号泣していた。

ダズは叩きのめされた遠くから、何とか起き上がると怯えた目でこちらを見た。

「野犬狩りに電話をしたぞ」

そんな声が聞こえて、私はかまわずダズのところに行くと、ダズを懐に抱え込んで逃げた。

「それは犬じゃない」

号泣していた女の叫びだった。

「人間の姿にもなれる悪魔なのよ」

私は駆けた。駆けながら、ここでは私にだけわからないこと、見えないことがたくさんあるのだろうか、と思った。近所付き合いもほとんどなく、親を亡くしてからひとりで家に籠って生きてきた。学校時代でもあまり人付き合いはうまくなかった。他の人が大概知っていても、私だけ知ることのできないことが山のようにあるとしたら。

頭の底の冷えたものがゆらっとする。

ここは魔法の街らしい。特に私には。

怯えたが、変わらずダズは私のところへやって来た。私を見ると千切れるようにしっぽを振って飛び上がり、全身で喜びを表した。私の後をころころとついてくる。笑ったような顔でピンク色のベロを出し私をまっすぐ見た。私もダズが来るとエサをやり、やはり日々の明かりをもらった。

私は心の底の冷たいゆらぎを捨てられなかったが、ダズは邪気などからは程遠い切実さで犬らしい芸も三つ覚えた。ただエサを置くとどうしても芸より先に食べてしまい私を笑わせた。疑うことなどできなかった。私たちは何度も明るい道にじゃれ出てダズはたいてい蹴り上げられた。

痛んだ日もあった。ダズは幾日か私の家の玄関の毛布の上で休んでいった。それでもとうとう鎖をつけることはできなかった。ダズが、というより私ができなかった。私が門口を出るとたいていダズはもうそこにいた。

六年余経ってダズはめっきり弱った。後ろの右足が不自由になり縮むような恰好でよくころんだ。食も細り痩せていった。心配して半年過ぎた。そんなある朝、ダズは門口を入ったところで死んでいた。穏やかな目をうっすらと開けて。

「嘘だと思う？」

女がやって来た。よく見ると初めての遠い日、ダズを蹴った女だった。

「これは、犬じゃない。何人もの人が酷い目にあって……直接というわけではないけど、殺された人もいたの。あちこちで。結果的にそれは溺死だったり凍死だったり……。たくさんの人よ。美しい男……。犬の姿をしていなければ私でもとても蹴り上げることなんてできなかった。犬の姿になるってことを、いつ、誰が見つけたのか私は知らない。私が騙された後、噂を聞いたの。でも、確かな噂だった。彼と過ごした冴え冴えと月の澄んだ夜のことを、私は今でも思い出す。四肢曲げ伸ばし、歓喜の呻きが抑えても出た。あんな夜のためならばどんな悪事も私は厭わなかった。あいつはただ見ていたの。何もしない。正しいふりで見ていた。さぞ面白かったことでしょう。いえ、それすら感じなかったかもしれない。みんな、あいつのはかりごとなのに。私は、牢獄に七年つながれた。後悔などじゃない。その間、あいつは、他の女や若者に私と同じようなことをしていた。若者たちに徒党を組ませ、遠い国へ酷いことをさせに行かせたらしい。帰った者はいないからそこで何が起きたのか本当のことはわからない。小さな国が滅んだり、できたり。親たちはその度に気をもんでいる。帰りを待ちわびている。あの男がやすやすと死ぬとは思えない。ここには犬の姿で来ても、夜はどこかであなたの知らない姿になって。それでも私、心から愛していたの。あなたもね。どこかで必ず、生きているわ。それはただの犬じゃない」

ダズは小さい茶色のオス犬だった。

私のかわいい友だち。しっぽに触れると機嫌を悪くし、自分で自分のしっぽを追うようなただの薄汚れた犬だった。まとわりつくので知らないうちに足を踏むと「キャンキャン」と鳴いて、なのに私を笑うように見上げていた。きれいにさせてはくれなかったが私のところへ毎日毎日やってきた。私のたったひとつの明かりだった。ダズの半ば開いたやさしい目は「よかった。たのしかった」そう私に言っているように思えてならなかった。

ここは本当に魔法の街。

何日かためらって過ごしたが、瞳のきらめきが失せ、亡骸から生き物らしい死臭がし始めて、私は、痩せて冷たくなったその頭をゆっくりと撫でると、魔法の街のはずれの目立たない丘に、いくらかの花と一緒にダズを葬った。

みなこ

うすい白い紙に
青いインクのペンで「みなこ」と書かれ
みなこは生まれた

ひと夜過ぎて
朝が来て
みなこはそこから
すっと立ち上がった

五月だった
雨から三日経っていた

みなこの生まれた紙より
少し濁った白い道を
みなこは青く細いまま
ゆっくりゆっくり歩いていく

頭上には
サワサワサワサワサワ緑の影があり
地面にはまだらに木漏れ日があった

「その木の葉は
みんな、みなこと同じようなことばだったよ」

みなこの耳に

どこかから声がした

やけに風が強かった
風のいく道が見えるような気のする日

目の前に羽虫が
次から次へと現れては風に吹かれていった

いつの間にか
高い高い丘へ来ていた
みなこは眼下に広がる町並みよりも目の前を
ふわふわ過ぎていく
小さいものに心を奪われた

ふと見ると
みなこがかかとを立ててやっと見える葉陰に

全体　黄色と黒のだんだらの
小さな揚羽蝶が必死にしがみついていた
羽の尾に鮮烈な赤を持って

みなこは心打たれた
謎が生まれ
キッとしたまなざしで
その葉の間から望める
もっともっと遠くの天の青を
突き通すように見た

風の丘の光景は
水の中のように澄んで縹渺とゆれていたが
「あの町を覚えているか?
かつて　みなこはあの町の通りを

働く者らに手を引かれ賑やかに歩いていた」
そんな声がまた木霊して

思い出そうとしても
思い出せないことがあるのに
みなこは気づいた

（このやわらかい青でどこへいくはずだった？）

みなこはやっと自分のことが少しわかって
五月の陽にさらされた
静寂の包む眼下の町を見下ろした

（私はいつから
それと別れてしまったのだろう）
そういつから……？

あのうたに冷え冷えとした火が放たれた？

常夜

どこか片隅に常夜があって
どうかした拍子に私はそれに気づいた
気づいた途端
その常夜の草原に私は立っている

かすかに風があり、月があった
月は幸い明るく月明かりに照らされて
草原に立つ自分の道がふたつに分かれて
伸びているのがわかった

その分かれ際まで私はつっと進む
すると道しるべがあり
そこに遠い昔の　しかし
私宛だとはっきりわかる古い手紙が一枚
ひらひら風になびいている
半ばやぶれて

ああ、あのひとが私に宛てたもの
こんなに経ってしまって
しかも、見つけてしまって
しらじらとした悔いの中……
私は、くいいるようにその文字を辿る

それが今日の日の私の道連れ

どこか片隅に常夜があって

どうかした拍子に私はそのことにやっと気づいた
常夜といっても暗い寂しい夜というばかりでなく
すべて凪いだ静けさと夜独特の優しさが
草いきれと一緒に香っている

おそらく初夏だと思われる
ほととぎすが鳴いて飛んでいくような
生き物の気配がある
あなたが
こんな未来に出会ったあなたが
どうやらこの常夜に
私を誘ったのです

なんて不思議

そこには分かれ道があり、古い手紙があり

見つけるたび
彼方のうすい新しさに包まれ
悔いながらそれを読んで
またひとつの道を選び
今日を歩いていること

雪祭り

大きな人の足が行き来していた。私は小さかった。他にも小さい人は歩いているが、大方の小さい人には大きな人の足が見えないらしい。大きな足の行き来する間を誠に器用に、小さい人々は笑いながら歩いている。私はおののきながら歩く。なぜ、私はそうなのだろう。そんなことが思い出せなかった。

人気のない明かりだけ煌々と点った店はあって、そこで小銭を入れて（大方自販機だった）日々必要なものを手に入れる。

私は、勝手に大きい人を巨人。小さい人を小人と呼んだりもした。

家に帰りつく。

木の幹をくりぬいたような形の烏鷺の家。昔は、親しい人々も住んでいた。もうそれも、茫洋とした思い出になってしまった。どれが本当でどれが間違っているのか、時々はっきりしなくなる。

そこには夜になると両腕で抱えるくらいの柔らかな幹状のものが横に倒れ来て、肌を寄せるとうっすらとあたたかく「とくっとくっ」と脈打っていた。たぶん、巨人の足なのだ。明らかではないがそう思う。それはここで、命ともわからず、名前もなく「とくっとくっ」とただ脈打つ。私は、夜、誰とも言い難い巨人のひとりが横になる一隅を分け合っている、そう信じるようになっていた。

夜着に着替え肌を寄せる。

「これがある限り、私は何がなくても生きられる」そんな風に今の頼りにして。

もしかしたら、かつての恋人のものかもしれない。それとも、ぼんやりとした記憶の向こうの……。私は肌を寄せるとき、たいてい涙ぐむ。いつ、自分も巨人になるかわからない、そうも思った。

きっと、なつかしいものが知らずにここに足を投げ出している。

どうしてみんないなくなったのだろう。肉体ばかりでなく、心の拠りどころもふわりふわりと摑んでは消え、摑んでは消えたと思う。そうなると有形な思い出などがかえって不思議なことと思われた。音楽をかける。

長い時間をかけ馴染んだ歌声があたたかい。食べ物のような安堵感を与えてくれた。

朝、下ごしらえをしておいたスープを火にかける。ひとりとはこういうもの。私が動いたことの他に変わったもののない静けさ。

親しい人々がいた頃、大きい人が私には見えなかった。見え始めたこととひとりであることは、どこか関係があるらしい。

いつだったか、何の気なしに奥の部屋の棚の影に手を入れた。するとそこから紙が出てきた。紙はお金だった。その辺りの記憶が一番ごちゃごちゃしている。ただ、そのように私はお金の呪縛から解き放たれた。それは、わずかなものだったが、ここがどこで、今がいつなのかまったくわからず、小さな町の小さなお店で賄うもの以外ほしいもののない身からすれば、それで十分だった。その通り、烏鷺の家のある町は「装飾」からかけ離れていた。

楽しみは雪祭り。

私は、巫女になれる年でないから烏鷺の家からそっと見るだけ。外には巫女たちの美しく歩く姿が見られる。隠れるように見ていると、ここは親しい人々と暮らした世界からもう遠いのかもしれない、と思う。どんな明るい光が射しても夜なのだ、というように。

半年後は雪祭り。

雪祭りの巫女が、群青の夜を歩く日々。

雪はこの間消えたばかり。

「さむぃのぅ」

風の音のように耳に降ってきた。

巨人の声。風のざわめきに似ている。

私は、はっとして見上げる。

ふくらはぎから腿の辺りまでしか確認できなかった。踏みつぶされては大変だと思うが、その心配はなさそうだった。それがやけに悲しくもある。

この大陸には遠くに大都市がひとつある。何かのあいさつのように人と人とが会うと「街を見たことがある？」と聞く。私もその言葉なら幾度も発した。だが、本当に話したいことが話せるわけではない。いや、本当に話したいことというのはひとりでは辿りつけない気もする。私はそういう意味で話が下手だった。「誰か」が要るのに。

街は夜、自らの発光する光であたかも薄いドームに包まれているかのように見えるらしい。そこから奥へ奥へと来て漆黒が漂う寸前、来た道を戻り忘れた頃に辿りつく小さな小さな町。無数に。

私の烏鷺の家がある町は、そのひとつ。

少女は、十三歳から十七歳までの間、十月から三月までの半年毎夜、寺院へ白装束をまとい黙って祈りに通う。「祭りの巫女」と呼ばれる。

彼女たちのいる間が雪祭り。巫女になった彼女たちには、生涯代えがたい何かが得られるという。学問とはまた別の。

少女たちの間では、「恋人」だと思われがちだし、そうなのかもしれないが、それだけではなさそうだった。とにかく「何か」が「必ず得られる」と信じられていた。

ただ、得られれば、今持つ何かが失われる。それだけのことで消えるものがある。少女たちはそういう気配に敏感だった。しかし「必ず得られる」という言葉は何よりの媚薬。時が過ぎ去るものである限り、そこで逡巡する少女はいなかった。わかっていながら、巫女姿になった。その諦観が清浄な空気になって町に流れた。雪祭りという名前の所以。大人になれば、大方、ここから出て行き、あの光のドームに吸い込まれる。みんな知っていて、少し離れた町からも雪祭りの巫女が集まった。町は、静かな華やぎに満ちる。

少女以外は、遠慮してなるべく外出を避けた。

巨人だけがかしましい。黒い針葉樹が幾本も行き来するような巨人の足。そんな中、寺院への道をうつむきがちの白い少女たちが縫うように歩いていく。雪が降っているように。

彼女たちに巨人が見えないのか、私にはわからない。ただきっと、その存在で無意識に自分の身軽さを感じてしまう。そして、言葉にならないその感覚を一生忘れない。

巨人が見えるのは愉しい。小人の私とは、まったく違う地図を描く人々。なのに一緒に生きている。

私は、ドームへも向かわなかった変わり種。

雪祭りを終えたらすぐに決断するのが普通だった。迷ううちに行きそびれた。今から行くのは億劫だった。

雪祭りの巫女であった頃を思い出す。

果てない空を降る気分だった。歩くときは、真実、自分が何かに選ばれているような気がしたものだ。いっしんに祈ったからか、私も確かに得たものがあった。

淡い恋は、蒸発するように空へ消えたが。

今、脈打つ肌と、ある気配を感じている。他人に感じる大方を言えないのは、かすかなその気配を失うのが怖いからでもある。他人には笑いごとでも、私にはかけがえのない気配だった。それを送っているのが、この脈打つ肌の主かもしれないとも思う。何も摑み切れてはいない。脈打つ肌は、いろんな想いをもたらしてくる。

それは心の闇に光となってきらめいている。

私は、小さな町に住みながら、外から見えぬくらい愉悦に浸ってもいる。

弁当とお茶。携帯の音楽再生機。そんなものを持って、一日かけ町から遠ざかる。そうして歩いていくと、誰もいない原野に出る。まだそこでは夜、よく雪が降った。いつも行けるという場所ではなかった。行って帰るのに一日かかってしまう。道らしい道もない。日のあるうちに少し横になり、夜、眠らずに帰った。

そこに巨人の影はなかった。私以外知らないのかと思う。この道程が見えないのか、と。

巨人と小人とが交錯するある廃墟の空間に、自分がいつからか、ひとりなぜか打ち捨てられた。原野への道を辿る時だけ、元のどこかにつかの間帰るのか、とも。

私には何もわからない。そこから来る浮遊感がいつも離れなかった。

原野へ行くと、生きているものである感触がわずかに摑めるような気がした。

何度も想う。

謎のままの巨人も小人も、明日は姿を変えるかもしれない、と。

(とりあえず今、俺たちはこうして生き延びている)

私が見ている奇妙な有様は、今をどうにか生きるための切実な手段。明日の朝、

「ごめんね。遅くなったね」

そう言って、やって来てくれるなつかしい姿がないと、誰が言い切れるだろう。再びお互い、同じ大きさになって。

背後に深く頷くように、変わらない歌声が流れている。

私の不可思議な狂おしい日々。
雪を残しただんだらの原野は静謐の中にある。瞑目するように、
その果てに大きな太陽がゆっくり沈んでいくのを、私は息を整えな
がら胸焦がしてじっと見た。

舟

すべてが途絶えたような海辺の
小さな黒い桟橋

忘れられた桟橋

寒い日の暮れ
まばゆく黄金色に煙る水平線に
ぼうっと見たこともない街の
蜃気楼が立つ

そんな時
桟橋に舟は呼ばれる

舟はその声に応えるために
自分は在ると信じている

どこへ行くとか
たどり着くとか
それはまた別のことで

なので
忘れていたはずなのに
タタッとひとの足音が聞こえる時

舟が必ず一艘
桟橋に浮かんでいるのだった

その海には
まばゆく黄金色に煙る水平線に
ぼぅっと見たこともない街の
蜃気楼が立っている

寒い寒い日のこと

すべてが途絶えたような海辺の
小さな黒い桟橋から
優しくかなしい舟に乗り
私は行く

私は行く

稲妻

あなたは新鮮でした

青くきらめく無数のホタルは
夜の大地をいっそう暗く思わせる
少し光る空
小川のせせらぎ

それらを結ぶ地平のかなたから
光るかすかな稲妻の
細い細いまたたきを連れ

あなたは新鮮でした

錯覚のように
それでも響いてくる

私は少し怯えて
なぜ？　と問いかける
なにが？　と問い続ける

生まれ続けているなんて
あなたは新鮮でした

夜の雷雲が
白くたわわに光って震える

はっと見据える
いつの間にこんな近くに
かすかな雷鳴が聞こえてくる

細い切れ切れの運命に似た稲妻
映える黒い地平

一台、気の遠くなるほどの
長い距離を走るバスが
窓を煌々と光らせて行った

あのバスに乗っているのは？

食い込もうとする意志

私は驚きながら
キラキラと明滅するホタルの
夜の大地に立って結んだ髪をほどく

見る間に浮遊したホタルが髪に止まり
私自身が
明滅しているものであることを教える

あなたは
とても新鮮でした

過ぎて行く

あかつきの木

生きている日常はせわしなく、陽が昇ったり落ちたりしています。初夏が近づくころ、夜、枕に頭を乗せて目を閉じると、地とか空間とかと別の場所。どこかに、さらさらと川が流れているような幻想を抱きます。そこにこそ本当の夜があって、深い深い群青が川となってひたすら流れている、そう思えるのです。ふくろうが近くの森に巣をかけて、時折、「ほーほーのりつけほーせー」とかわいらしく鳴いています。いっそう心が静まって、自分は相変わらず明けるでもなく暮れるでもないところで生きている、と感じます。

（人影がやってきて「あなたは誰？」と、声をかけてくれたらいいのに、今）そう思います。そしたら、（「あなたは、誰？」と大きく答えるのに）しかし、その、「今」はすぐに遠退いて、余韻がさびしく止んだ風のよう……と、ぼんやり浮かんでくる景色があるのです。曠野とも、緩やかな丘とも思えるところ。そこに一本の大きな木が立っている。


誰かと無性に自分たちを問い合いたい奇妙な渇きのある夜。どこかに深い深い群青の本物の夜が川になって流れていると思える夜。川はやがてその大きな木の元で夜明けの光を帯びる。まだ、遠い。そこだけうっすらと朱に染まり、枝枝を豊かに広げた黒い姿を見せるあかつきの木、です。

何だろう。

もう、私は眠りの中。

どこを目指すものか、空気のやわらぐ季節に訪れてくる幻想です。

糸車

私はとおい空の底で
そのひとと出会った
そこでは
私たちに寄り添うように
大きな糸車が
彼方から
ピンと延びる細く光る糸を
ゆっくりと紡いでいた

私たちは

やわらかな残照に映える糸の出所
淡いピンク色のずっとずっと向こう
そのどこかからやって来る
光る糸の様子について
話したり眺めたりした

人肌のあたたかさとかなしさが
糸の彼方と結ばれているようで
おそらくこの糸の
永遠に近い営みに比べれば
ほんのつかの間
羽音のように話しあう私たちは
自分たちが否応なく
風そのものなのだ、と感じるよりなかった

（私たちは時間の裡に

生き物という名前でそっと置かれた何か、と）
「このとおさはどういうふうに……」
　「このとおさはどういうふうに……」

私たちは言葉の末尾を
だから静かに消すより方法を知らない
時間の裡に置かれた一体何であるかを
わからないまま

ただ、そのひとは
そのことを私に決心のように伝え得た
始めで終わりのたったひとり
たったひとりに出会った
その幸運は枯野の一輪の花に似て

私のからだの芯を
ふるふる震わせ続けている

何がわからなくてもそれが
すべてを解くカギとも思う

私はとおい空の底で
そのひとと出会った
そこでは
私たちに寄り添うように
大きな糸車が
彼方から
ピンと延びる細く光る糸を
ゆっくりと紡いでいた

ハンカチ

海に漂うような深いゆめを見ていた。

見上げる空は涼しげに晴れ、しきりに何か私に語っているようだった。

海に沈むように目覚めた。


ここはどこだろう。

ベッドからそう離れていないテーブルで男が朝の用意をしていた。

「あっ、起きたね」笑顔。

「わからない？　見覚えがない？　そうでしょう」

陽差しがないから曇っているのかもしれない。

モノクロの印象。翳った部屋。

「心配しない。君は僕と一緒に住んでいる。もう、二十年より多く」

えっ？　眠りの余韻がとんでいく。

「君は一日しか、どうも覚えていられないらしい」

早い動悸は男の声にすがる。

「いつ頃からかな、もう忘れたよ。まるで、今日の雪。けして記憶は積もることがない。でも、大丈夫。無事にやってきた」

窓の外を大きな雪がふわふわと舞っていた。私は起き上がりながら、それでも何か、自分をここにつなぐものがないか探した。確かに覚えと言うほどのものではないが、しかし、まったく見知らぬ場所でもなかった。私は、いろんな日常の道具の位置を知っていたし、方向を間違えることもなかった。動悸が少しずつ凪いでいく。

男のことも知らない訳でなかった。指の動きや首の曲げ具合など、ひょんなところを「知っている」と感じた。窓からは低い丘が見え、枯れた草原にぼたん雪が舞っていた。

頭はぼんやりと、しかし自分の淡すぎる日常を取り戻していく。掃除をし町まで一本の道を歩いて私は一人で買い物にも行けた。ただ、男と共に暮らしている、という情感だけはどうしても返らなかった。仕事から戻った男に私は自然に謝っていた。長い間、途方もない苦労を男に背負わせている。薄ぼんやりとかなしい。

やけに赤いひとでが白い砂の上にいて、私は「怖い」と思った。灰色の貝殻のヤドカリがひとつ、ひとでのそばから必死で海へと向かっていた。

海には、仲間がいる。

明るくて薄いブルーの空にも、さざ波がそよそよ寄せているよう。そこから乾いた別の男の笑い声を聞いた。私も、共に笑っている。

目覚め。くり返し。

私には、はっきりとした昨日がない。過去が。ただ、相変わらず、あちらこちらに馴染んだ跡。鳥が飛び立った場所に立ち竦んでいるような跡。せめて、飛び立ったものの思い出を取り返せたら。

買い物。勇気を出して。男は怒ったことがあるのだろうか。私に。

そんなことすら覚えていない。

私は、びくびくと目を泳がせて生きる。歩いて行くと、雪霞みの向こうに街灯がついている。市場は朱い灯があちこちでゆれてカーニバルさながら。野菜や果物、肉、一通り買って一隅であたたかいものを飲んだ。

少し離れたところに装飾品を売る露店があった。何気なく見た店主の視線に驚いた。私が見るとすっとその視線を逸らした。私は、まず、怯えた。それから、引かれるように近づいた。店主は、もう、私を見なかった。

露店には、翡翠や瑪瑙といった石。琥珀、黒曜石、色とりどりのビーズもあった。細工されたブローチやイヤリング、ネックレス。真珠や珊瑚、貝殻の細工も。

胸の奥がざわざわざわざわする。

なぜ……？

なぜ、私は海を知っている？

なぜ、海のゆめを見る？

なぜ……？

装飾品から目は離れない。体の中心へズキリと痛む想い。

「海を知ってます？」

私は店主に聞いていた。

「知っていますよ」

店主はやっと私を見た。

驚きが何かといって、私は、その店主の目が溢れるようになつかしかったのだ。

「ここから、どのくらいで海？」

声は囁きになっていた。知らぬ相手に言う声ではなかった。「遠くです」店主もじっと私を見ていた。

「私を知っているでしょ？」

店主は、目を逸らせいく分うつむいて「いいえ」そう言った。

（知っている。あなたは私を知っている。このように寂漠とした世界で一日を怯えるのでなく、もっとはっきりと毎日、毎日、積み重なっていた私の日々を、あなたは知っている。どんなに私が肩身狭く息を潜めてここに立っているか、それもあなたはわかっている。だから、はるばるこんな遠くまでやってきた)

心で叫んでいたが、一声も発せなかった。

ただ、店主の目を見ていた。

(言えないのだ)目はそう言っていた。

(どうしても言えないのだ)と。

「私は海を知っているようなのです。でも、ゆめでしか……」

漏れ出たつぶやきをその目がじっと受け止めていた。そう思えた。

「なぜ?」

涙が溢れていた。

「なぜでしょう?　こんな山のなかにいて、あなたはわかるでしょ?」

絞り出すような声が出た。

「わかりません」

かすれた声で男はそれだけ答えた。情愛の深いまなざし。なつかしいまなざし……。

瞬きが激しく思えた。困惑なのか？　私たちを包むこの頑固さは何だろう。

私にはやはり何もわからなかった。

「これをひとつ」

消え入るような声。小さな赤い珊瑚。

「いえ、こっちにします」

白い貝殻のネックレス。

「いえ……」手が震えていた。

私は、せめて海のものをひとつ、と願った。しかし、選べなかった。どれも、私には高価すぎた。立つ瀬なく、私は少しずつ後ずさりし身を翻した。

誰だろう、あの男は。

おそらく、私を私より知っているこの町の女たちが見ていた。普通にしていなければ。私は生きていかなければ。しかし、誰なのだろう、あの男は。私は！


「あの！」

飛び上がるように私は驚いた。

男が私のすぐそばでまた私を見ていた。

「ハンカチを、落としましたよ」

冷え切った私の手を取ると、（なんて、あたたかい手だっただろうか）

「これを、落としましたよ」

青い光沢のある見知らぬ布きれを、男は私の手に乗せた。

ハンカチ？　こんな美しい布を私は見たことがなかった。

「知りません。私のものではありません」

「いいえ、あなたが落としました。今、ねぇ」男は、そばにいる人人に聞いた。

「ええ、落としたわよ」うなずく女、女、女。

「大切にしてください。海の色ですね」

男は、ゆっくりとそう言った。くいいるような目で。

「私を知っているでしょ？」

私は小さくもう一度言った。

男は、今度は答えなかった。しかし確かに、何か言おうとした。でも、軽く頭を下げそのまま露店に戻ってしまった。私から言葉はもう出なかった。手に残された美しい青い布。


夜、それをここの男に見せた。

「知らないな。見たことがないよ」


あの男と私は、いつかあたたかな会話をし、喜びを分かち合った。きっと。この青い布が印。

（明日も行ってみよう）

それがいつだったか。

私は、それを持ってから、おそろしくゆっくりではあったが記憶が積み重なるようになった。私は海を知っていた。自覚が芽生え心を探ると、潮の匂いやゆりかもめの鳴き声。浜辺から遠く水平線を眺めた覚えも蘇った。青い布は、確かに私の明るい海の色だった。ただ、その（明日）を思い出すことができたのは……。慌てて駆けつけた市場に、あの露店はもうなかった。


これが私の生きるかたち？

冷えたものが再びゆらゆらする。


唯一、それを違うと思わせる青い海のハンカチ。ふしぎな男から私は（ある一滴）のようなハンカチを受け取った。

一人のなつかしい男がどこかで、今も私を見つめ生きている。湯の湧き出るような想い。そう思うと、時間や記憶が曖昧なことがさほど気にならなくなった。この美しい「印」をその男から受け取った。

これがあれば、今、日々が嘘のようでも。

遠い「海」で生きている、一滴。いつか私は思い出す。そこのことを。夜空の星に手が届く頃。たぶん、この青い布は私の記憶の底に一番近い。この世で探し出すたったひとつ。その感覚は自分を鮮烈に想わせる。それは、いつも摑める想いではなかったが、感じると呼吸が楽になった。日常は一瞬を瞬く間に押し流す。私は印を手放さない。自分という謎。私はその謎のもとへきっと帰る。その思いは日に日に確かになり、私に今の記憶を吹きゆく風のように、軽い衣服のように、定着させ始めた。

春

夜　風が吹いて

野末の小さな沼かどこかで
手も足も細りどこか魚のようになってしまった女が
からだを浮き上がらせて
好きな男を呼んでいる

白銀色にしんみりと光って

生臭い

生臭い春が
ひらひら嗅覚にまといついてくる

春は壊れる速度をとどめない
なのに　始めからその甘さで満ちている
夕暮れをひどく長引かせ
空気を濃密にして
風景をまぼろしのようにもろくする

おばあちゃんは昼寝から午後三時ころめざめる
ベッドから昆虫のような黒い目をぽっかり開けておばあちゃんは言う
「ワタシ　ナントモイエナイ　サビシイキモチ」
どきっとするかなしみが来て
それがそのあと柔らかく開花した

白銀色にしんみりと光る女

手足の自由を失くして
黒い沼のなか
好きな男を呼んでいる
ほろり　ほろりと
わずかずつ崩れていく風景を
女は知らずに赦している

きっと　こだまする呼び声が綺麗だから
女は男を呼ぶのだろう
手足の自由をいつ失くしたのかわからない
なぜ　野末の沼にいるのかもわからない

女は春に近い

壊れる速度を知らないまま
いつの間にか　野末の沼などに生えてしまい

しんみり白銀色に響いて
なお　その謎に応えようと息している

燃える村

どんな日でも
露子にはうっすらと陽が射している
露子はしんしんと物語る
ある燃える村の物語
日暮らしの鳴き声が
いつも木霊している村
水滴で青く霞む山々に包まれ
一隅が海に面している村

あちらこちらぽつりぽつりと

炎が立っている
さまざまな色で薄く濃く
風の姿とも思えるほどに
人や草木や小さな道具、犬猫からも
炎がゆらっと立ち上がる

炎の気配のある村
空気にとける程の青い炎もあれば
焚き火のような炎もある
実際の火とちがい
焦げて焼け尽きることはないという
しかし
まるでそのように
ふっと消える人や犬や農具もあって
その理由を思うとみな震える
理由は定かではない

ただその為か村全体に青霞む空気が
覚悟のようなものに思えるのだと露子は言う
「私なんて意気地なしだから今のところ
一週間くらいいるのが精一杯よ」
村に入ると自分からも
否応なしに炎が立ち始めるのがわかるらしい
色や濃さまではわからない

出入りをくり返し住みつくものもいれば
村で生まれたのに出て行くものもいる
出て行ったものは顔付きが豹変するらしい
帰れないのだとも露子は言った
「魔がさすって言うけど出て行った人はそうなのかもね
気がついても遅いのよ
怖いような気はするけど

あそこは生きるのがこっちほど辛くないの」
言葉を切って先をためらい
そのまま露子は少し笑った

村では花のような、とか
キツネのような、とか
みみずのような、とか
そんな比喩の感覚が良くも悪くも湧かない
「あたしなんか胡散臭い
野良猫みたいって言われそうだけど
あそこでは誰もそんなこと思ってもみない」
大方がそれぞれの色で
淡く濃く炎をゆらめかせているので
どれも特別といった不可思議な平等感が漂う

どんな日でも

露子にはうっすらと陽が射している
うす暗い村だが
まれに西空がくっきりと晴れて
村ごと淡い虹に包まれたような夕暮れがある
そんな時日暮らしの声はらせんを描いて
頭上からきらきらと降り注ぐ
露子の物語を聞くものは
自分のふるさとの
もう今はない夕暮れなどぼんやりと思い出す

入り江には港があり
桟橋をはさんで小舟が幾そうか繋がれている
そんなものからも陽炎のように炎は立っている
露子の好いた男はよく変わる
今日は漁師
露子が夜の浜辺で男と抱き合うと

無数の星雲を浮かばせた宇宙で遊んでいるような
えもいわれぬ心持ちに連れて行かれたという

男はたいてい夜明け前
白い炎に包まれて小舟に乗り海へ出て行く
小舟には青い炎がゆれている
漆黒の水面にそれが映え
男は笑って露子に手を振った
海に出ると炎の勢いが強まっていく

露子は男がそうして燃えて
少しずつ海にとけるのだと言った
「生きているのに人魂みたいよ
私、海の中のどこかへ行きながら
あの人は生きているんだなぁって思うのよ
いつかあの人はそこへ行ってしまって

残り火みたいなものだけ水面に残る
そんな火を何回も見たの
死ぬんじゃなくて」

どういうことかと思うと同時に
話は聞くものの視界の濁りを
すっと取り去る気配がする
一度話を聞いたものは
もう一度露子に会いたくてたまらなくなる
でも露子は伝えた住所にいたためしがなく
伝えた電話番号も使われていない

おそらく夜の仕事などをして
どこか泊まり歩いている
そんな想像に止まってみるが
とことん露子を探そうとするものはいない

誰もほんとうは
露子は露子が語る燃える村に行っていて
夜の浜辺でおおらかに
男とひとつ炎に包まれている
そんな情景を描いている

見えない場所へと触手を延ばす自分にはっとしながら
生きる道の細さやそのはかないきらめきなど
見えることと見えないことの格子の中　それぞれ思い描いてみる
跡形のなさ
やがて、露子はまたふらり街角の喫茶店で
コーヒーなど飲んでいる
見つけると悲しい安堵に満たされる
見える場の何と淡くあてどない広がりだろう

どんな日でも
露子にはうっすらと陽が射している
露子はしんしんとまた物語る
ある燃える村の物語
今日は町へ通う工員が相手のようだ
彼はどのように燃えているか……

話しながら
日々たまる寂寥や孤独のつぶを
露子自身ぷるっと振り落としているようで
つかの間聞く相手は
生の闇から救われる為にそこへ歩み寄る

詠唱　黒いお菓子アデーレ

（黒いお菓子アデーレ）
小さな菓子店のある館
漆喰の壁に黒い文字が浮かぶ

鈍色の荒波が幾重にもかさなる海の沖合に
難破船が帆柱をまだ高く見せて
まるで大きな鳥のように翳っている

そこは海辺なのだろうか
いいや

時折　陽炎が立つビル群
大都会の片隅　太陽が沈む辺りに
その文字が佇んでいる時もあるのだ

館には製菓学校と小さなオフィスがある
小太りの細い目の男が仕切っている

オフィスには男の社員も見えるが
全貌は定かではない
大きすぎるのだ

まれに小太りの男が行く以外
菓子店と学校は女ばかり
少女が一番多く
三年寄宿して「アデーレ」というお菓子の作り方を学んでいる

アデーレはほどよい甘さ
舌の上でとろける白いクリームの風合いと
包み込む黒の陰影が評判のお菓子

極意を学べるものはまずいない
学んだと思い込みそこを出て行く

館には無数といえる扉があって
少女たちは三年間でいくつ扉を開けるかを
暗黙のうちに競わされている
お菓子の腕前とはまた別のこと
男の祈りはその一点に絞られているようにも見える
鈍色の荒波が幾重にもかさなる海の沖合に
難破船が帆柱をまだ高く見せて

まるで大きな鳥のように翳っている

＊

オレはろくでもない子供だった。十かそこいらまではそうでもなかったが、両親や教師がまとわりつくように感じられてからは、時々ハレツしそうになって暴れた。オレは燃えさかる「からっぽ」だった。見えるすべてもそう思えた。まれに母親が怒りのようなかなしみのような笑いのようにすら見える顔つきでオレを見た。

焼き菓子をオレに出す時がそうだった。オレはその菓子が恥ずかしいほど好きだった。アホくさい。それがオレをこの世に人らしく止めるたったひとつのものだとは。犬畜生でも知れている。近所の洋菓子屋のオヤジに「職人になれ」と言われた。菓子作りはオレを虜にしたが、オレはそこも火の粉のように飛び出るしかなかった。

＊

やがてひどい火傷を負ってそこへたどりついた。どこだかはわからない。飛行機にも乗ったし、船にも乗った。とにかく、故郷から遠く離れた場所だとしか言いようがない。

そこは、獣の気配が濃厚で、木漏れ日の美しい森を持っていた。どこをどう歩いても、人家の明かりは見つからなかった。昼間は圧倒する美しさ。ただ夜は。

天は星で満ちていた。日が落ちるとあまたの星くずが、澄んだ水面の奥深くにあるように、遠く果てなく光り始める。しかし地上の漆黒は凄まじい。オレは木々の間に怯えて身を硬くし眠った。何者かが近づく気配があった。その気配は何を問うても黙したまま。それが人であるとわかった時、オレは、一抹の期待を抱いたが、何を問うても尚答えないそれに、やがて歯の根も合わないほど恐ろしくなった。冷えた手が伸びてきてオレは失神した。

焚き火が燃えていた。炎に照らされて見えた少女はオレと同じ年頃。オレは少女に抱かれていた。恐怖と疑問で混乱し、もがきつづけていると少女はオレを離し、一言の言葉も発しないままあっけなく去った。少女は花嫁衣装をまとっていた。純白なドレスを。得体の知れなさにいっそう息が詰まるようで怯えた。少女からは悪意や邪気すら感じなかった。

晴夜にやってくる。けして話さない。木の実や川魚を持ち、雨が来る前には岩陰にオレを連れて行ってもくれた。目に宿る光はやさしく、やがて、オレは少女を待つようになった。

＊

オレの言葉以外、沈黙が支配するオレたちの向こう「ふたり」になった、寄り添うオレたちの向こう。遠く。炎がゆれる。

ああ……夢だ……窓が白んでいる……

「おまえたちは知らずに時を告げる。捨てられもする。間際の花よ。言葉も記憶もムダにして」

小さな紫のよく香る花が朝日に煌めいている。朝露に濡れて一本だけ咲いている。母さんが、料理に使っていたあの花か？

＊

その朝、オレは年を喰ったと思った。家を飛び出したあの日から、どれだけ経ったか。オレは年を喰い、石のような風体のここの店主となった。

「また会いましょう」

耳の奥で木霊する声は一体誰だ

オレには、菓子にまとわりついただけの累々とした覚えがある。あまりのめりこんだ為に、故国から（記憶から？）遠く離れた。この菓子屋には大きすぎる館を見つけた時、何かが絶対的に変化した。半分は店と学校とオフィスだが半分は何やらよくわからない。たくさんの扉がある。

あまりに、生々しい夢だった。オレはこの館のどこか扉をへだててあの夢の場所があるような気がする。

一体、どこだろう

誰だ、君は？

オレは闇に怯えている。そして、「君」の来るのを待っている。少女ばかり集めるのはそのせいだ。彼女らはみんな、晴夜に立つ標。

「アデーレ」は分身。目覚めたあの日から、オレが時に時を重ねて、
作り得た唯一のいのち。

誰だそこにいるのは

＊

私は時々古い話に登場する誰かです。「船」の持ってきた異世界が
落とした何か。晴夜にだけ動くことを許された星くずのひとつ。

私は時間に捨てられる

＊

鈍色の荒波が幾重にもかさなる海の沖合に
難破船が帆柱をまだ高く見せて
まるで大きな鳥のように翳っている

飛び立つ日が、あるのかもしれない

（黒いお菓子アデーレ）
漆喰の壁に文字が浮かぶ

館には無数といえる扉があって、少女たちは、息を殺し、誰よりも
先にそのたったひとつを見つけようとしている。命じられるまでも
なく。（切々としたこの世の遊び）

扉は日毎、現れたり隠れたり
いつか、その喉から「あっ」という小さな声が漏れた日に
飛び立っていくかもしれない

現れたり、隠れたり、星くずは
「アデーレ」は菓子であって菓子でない
とある扉の奥に純白のドレスをまとい住んでいる

黒いお菓子アデーレ
甘いお菓子アデーレ
熱く蒸してゆっくり冷ます
こんなふうになるまでに
私は三日かかりました

群青《ぐんじょう》のうた

著者
中神英子《なかがみえいこ》
発行者
小田久郎
発行所
株式会社思潮社
〒一六二―〇八四二　東京都新宿区市谷砂土原町三―十五
電話〇三（三二六七）八一五三（営業）・八一四一（編集）
ＦＡＸ〇三（三二六七）八一四二
印刷所
三報社印刷株式会社
製本所
小高製本工業株式会社
発行日
二〇一四年五月一日